丸い地球はどこも真ん中

久遠　晴人

目次

一　ネバーランド

二　美しき出会い

五　宇宙の果てまで飛んでいく

一　ネバーランド

「夜中のコンビニ」

目もくらむ
明るいコンビニ
どこからともなく
やってくる
いろいろなフィギュア

青白い顔で
スマホをいじり
客の孤独を確かめては
一息つく
オタク青年

ハイテンションで
ネイルアートを見せ合う
まつ毛の長い
十代の女の子たち

コスプレ様の格好で
アイスクリームディスペンサーの
前に立っている
若い女性

レンジの音がして
レジの声が
店内に響く

メタボの若者が
フライドチキンと
ドリンクを手にして
目の前を過ぎる

フィギュアたちは
今日の事件など
何も無かったかのように
また
不夜城から
幽霊のように
闇に消えていく

「ネバーランド」

そこはネバーランド
シンデレラがいて
浦島太郎がいて
マスクを被った人たちが
いろんな国からやってくる

白雪姫がいて
魔法使いもいて
あっという間に現れては消える
仮想空間

見知らぬ者たちが
挨拶をする
ことばを交わす
主張する
時には剣を抜いて
火花の飛び散る

戦いをする

泣いて笑って
励まし合って
出会いもあれば
別れもある

そこは
宇宙人がいて
未来からやってきた人がいて
紫式部とナポレオンが声を掛け合う
禁断の世界

今日も
朝一番にマスクを被り
ネットに乗って
ネバーランドに飛んでいく

「ネット少年」

生きていると
汚いものが見える
嫌なことが聞こえる
くさい臭いがする
だから、
ぼくは美味しいものを食べて
ネットでキレイナ映像を眺め
好きな子の歌を聴いて
ゲームをして
ＳＮＳでチャットを楽しむ
質問サイトでは
顔も知らない
名前も知らない人が
親切に生き方を教えてくれる
ショップで
シューズを買ったら
ご利用誠にありがとうございます

と必ずメールをくれる
だから、
ぼくは
楽しいふりをして
本当のこころを隠して
生きていく

「スーパー」

老人は
押し黙って
仏頂面でスーパーに入ってくる
そして
おぼつかない足取りで
目当てのコーナーへ急ぎ
物を求めて
かすかに微笑む
それから少しの間
店内を歩いて
かごに命を入れてゆく
そして、また
仏頂面でレジに並ぶ
レジ係がものを尋ねると
その顔はぱっとほころび
人間の顔になる
老人は満足と

少しの未練を漂わせながら
ふたたび
たどたどしい足取りで
スーパーを後にする

「介護病棟」

満面の笑顔
老人は
赤ん坊の頬に手をやる
若い女性の
得意げな微笑み
老婦人は
老人の
肩に手をやる
熟年夫婦は
恥じらいの笑みを浮かべ
囁きあう
ひととき
病室は
光で溢れ
天使が舞い降りる
作業療法士の女性が
入ってきて

名前を呼んで
声をかけて行く

冬の午後は
陽も早く陰り
老人は
枕に頭をのせる
病室のドアが閉まり
一家は大声で
話しながら
廊下いっぱいに
歩いていく

しんと
静まりかえった
大部屋には
皮だけの
痩せた大腿骨が
ベッドの上に
何本も
何本も

並んで立つ
何事もないように
一家は歩いていく

「H_2O」

今
飲んでいるのは
水？
それとも
H_2O？

朝食べたのは
ハムエッグとサラダ？
それとも
葉酸とカルニチンと
ＥＰＡとＤＨＡの
サプリメント？

昼食べたのは
チキンライス？
それとも
アミノ酸とオリゴ糖と

ポリフェノール入りの
宇宙食?

周りはプラスチック
そして
プラスチック

あれは
酸素カプセル?
それとも
ベッド?

……
この惑星は?
……

「シックス・センス」

ネットは
もはや
決して電気とパソコンだけで
できているのではない
すでに
夢や喜びが接着剤となり
血も涙も編み込まれている

目に見えないこのネットは
遠いところから
悲しみに暮れる人間に
希望を運んでくる

投網のごとく
一瞬のうちに
幸福な人間を
絶望の淵に引きずり込む

ネットは
僕らの友情を
すくい取ることができるだろうか
世界の真実を
すくい上げることができるだろうか

ネットという
アンテナ
それはきっと
僕らに与えられた
第六の感覚
最後の試練

二　美しき出会い

「小学生が帰る」

小学生が帰る
友達と
連れ立って帰る
赤茶色の帽子で
二人で帰る
四人で帰る
三人で帰る

女の子が帰る
あんたばかね
て言って帰る
ばかじゃないわよ
と言って帰る
ごめん、ごめん、教えてあげるよ

男の子が帰る
互いに

悪態をつきながら帰る
おまえのかあさんでーべーそー
わいわい揉めながら帰る
角のところで別れたら
バイバーイ

男の子と女の子が帰る
男の子がなにやら叫ぶ
女の子がどっと笑う
得意げな男の子の声
どうやらヒーローらしい

何気ない
午後四時の風景
他には何もない
坂道の風景
わたしは笑いながら
背伸びをする

「幼い心は」

過激な番組
嫌というほど見せられて
やさしい心は消えていく
弱いものいじめ
嫌というほど見せられて
子供の心は狂っていく

裏切り映画
嫌というほど見せられて
純粋な心は汚れていく
見たくないもの
知りたくないもの
嫌というほど見せられて
子供の心はぼろぼろになる

煽るだけの
ニュース番組見せられて

殺人現場を見せられて
人の血痕見せられて
人の死体見せられて
幼い心は惨殺される

人の命を辱め
人の夢を圧殺し
人の世界に絶望させる
そんな権利がどこにある

「こんにちは」

あの子は
いつも
うつむいて
少しだけ微笑んで
白い犬を連れて歩く

目が悪いのか
人が怖いのか
瞼を閉じ加減で
焦点を合わせかねているよう

あの子
犬とうんと仲良しの子
犬に話しかけながら歩く
気になる子
きれいな黒髪の
かわいい子

ああ
あの子の悲しみは
何だろう
苦しみは何だろう
母にも言えない悩みだろうか
誰にも言えない悲しみだろうか

あの子はいつも
楽しそうな笑顔で
僕の前を通る
こんにちは
って言うと
うんと優しい顔で
こんにちは
と返ってくる

それ以上は
何も言わずに去ってゆく
犬が時々振り返るが
あの子は

背を伸ばしたまま
いつもの角を
曲がってゆく

そうだ
今度会ったら
こんにちはの後に
何か言ってみよう
何かひとこと言ってみよう

「美しき出会い」

ほんのちょっとのきっかけで
初めて会った人たちと
敬う気持ちで始まって
優しい気持ちで話しして
何気ない笑いで親しくなって
悲しい話でいっそう仲が深まって
一緒にお菓子を食べながら
穏やかな気持ちで話していたら
古い友達みたいになっちゃって
なんだか別れるのが辛くなってきて
また会わなきゃならない理由はないのだけれど
どうしても会いたくなるような
会わなきゃならない気さえして
昔こんな出会いがあったような
とっても懐かしい
過ぎる時間がいとおしい
美しき人たちとの

美しき出会い
神様がくれた
時間だったに違いない

「坂の家」

夕闇せまる坂道
古い家に
黄色い灯りがともっていた
ラジオの音が
あけっぴろげた窓から
うるさいくらいに
聞こえていた
漫才の笑い声が
にぎやかに響き
簾を通して
老人の気配がした

夕闇せまる坂道を
久しぶりに通ったら
古い家は
ぼーっと暗く浮かんでいた
窓は固く閉まり

簾はひどく傾き
風鈴の汚れた短冊が
ゆっくり風に揺れていた
笑い声が
聞こえたような気がしたが
空耳だった

老人は
どこへ行ったろう
昭和とともに
どこへ行ったろう
坂道を通るといつも考える

#「貞子さん」

夫に先立たれた
貞子さんは
一人暮らし
仲良しだった
隣の時枝さんが
去年死んでから
急に足が悪くなった

性格のきついヘルパーが
時々来るが
貞子さんは
必要なことだけ言って
黙っている
週に二度
デイサービスでお風呂に入るが
気が進まない

一日中
テレビだけが話し相手
犬が欲しいが
自分の方が早く逝くと
可哀想だから飼えない
宅配の弁当は
もう飽きてしまった

朝一番に
新聞のお悔やみの欄を見ていたが
今はもう見ない
電話が鳴っても
玄関のベルが鳴っても
詐欺が怖くて出ない

貞子さんは
時々
溜息をつきながら
長く生き過ぎたと思う
一人息子は
もう十年も帰って来ない

#「ふゆのしあわせ」

ふとんが
あったかくて
しあわせ

こたつが
あったかくて
しあわせ

おふろが
あったかくて
しあわせ

ごはんが
あったかくて
しあわせ

みそしるが

あったかくて
しあわせ

せーたーが
あったかくて
しあわせ

てぶくろが
あったかくて
しあわせ

まふらーが
あったかくて
しあわせ

さむくっても
あなたがいるから
しあわせ

#「 春の雪 」

春も近いという朝に
冷たい冷たい
雪が舞う

ばあさんは
寒かろに
障子一つじゃ
寒かろに
ほんに
ひとりじゃ
寒かろに

夕べの
布団にくるまって
炬燵一つじゃ
寒かろに
隙間風が

寒かろに
ほんに
ひとりじゃ
寒かろに

今日も一日
寒かろに
誰も来なくて
寒かろに
あまりに
雪が恨めしく
こころが寒くて
つらかろに
じいさん想って
つらかろに
さぞ
つらかろに
つらかろに

「かくれんぼ」

君は
かくれんぼの途中で
鬼さんが怖くなり
そのまま
ずっと隠れているんだね
恐ろしい顔をして
あちこちと探し回る
鬼の顔を見てしまったんだね

むらびとが
もう
鬼はあっちへ行ったと言っても
なかなか信じられないんだね

なーに
鬼のやつは
なかなか

かくれん坊が見つからなくて
べそをかきながら
捜しているよ

あっ
鬼はもう
捜すのに疲れて
寝てしまったよ

だから
もう隠れていないで
もう一度
かくれんぼするもの
よっといで！

#「友よ」

病室で
人工呼吸器につながれている友よ
僕がいることが
分かるのか
分からないのか
起きているのか
眠っているのか
ベッドに横たわっているだけの
僕の友よ

静かな病室で
いろんな機器に囲まれて
君の息を刻む呼吸器の音が響く
看護師がときどき
大きな声で
君に呼びかける

僕は知っている
君がどれだけ
いっしょうけんめい働いてきたかを
どんなに世のため
人のために働いてきたかを
妻にも子にも語らず
もくもくと働いてきたかを
君の信念を貫き
働いてきたかを

僕は知っている
君のことばが
多くの人を励まし
生きる力を与えてきたかを
君の優しさがどれだけ
生きる勇気を与えたかを
僕は知っている

ああ、君は
いつも笑いながら
人生の荒波のなかで

幾度ぼくを慰めたことだろう
僕のこころを救ったことだろう
僕は君のことばを忘れない
常に真剣に投げつけてくれた
君のことばを忘れない

ああ、
痩せ細り
小さくなってしまった友よ
何も語らずに
小さくなってしまった友よ
こんなにも
変わってしまった友よ

だが、友よ
僕は知っている
この病室が
君の尊厳で満ち溢れていることを
医師にも看護師にも分からなくても
僕は知っている

そして
この病室が
今でも僕たちの友情と
君の信念で
満たされていることを
僕は知っている

「陽気な春なんです」

今日は
春のぽかぽか陽気
女房の生まれた日も
こんな天気だったらしい

ふたりで
ちいさな車に乗って
スーパーにお買い物

駐車場に
放りっぱなしの
カート三台
僕はぶつくさ言いながら
押して歩く
あはは
良いことすると気持ちいい

女房の好きな
いちごを買って
パン屋さんでパン買って
それから
出口で花買って

なんだか
気分は新婚さん
ははは
還暦過ぎの新婚さん

気が付くと
口笛を吹いている
そうそう
今日は
陽気な春なんです

三　最初の半分

「最初の半分」

インストールの
インジケーターは
最初の半分までが遅い
そこを過ぎたら
すっと終わる

グランド二周
一周過ぎれば
あとの一周
楽になる

容器の水は
半分までが溜まらない
半分過ぎたら
すぐいっぱい

バス旅行

往きは遠いが
帰りは
あっという間

授業時間
最初の半分
やたらと長い
面白くなったら
すぐ終わる

人生は
半分までは
なんとなく過ぎる
半分過ぎたら
加速度がつく

「一期一会」

もう二度と会えないと
分かっていたのに
もっと出会いを
大切にすればよかった
もっと時間を
大事にすればよかった
もっと心を開けばよかった

人も生き物も
いつかは別れは来ると
分かっていたのに
もっと楽しく過ごせばよかった
もっと優しくすればよかった
もっと可愛がってやればよかった
さびしくさせてしまった

今日は二度と来ないと

分かっているのに
いつまでたっても
同じ過ちを繰り返す
この愚かさよ
この性の悲しさよ

「うそ」

こどもは仲良しのふりして
おとなは愛しているふりをする
気がついてもいない

優しくしてもらえないから
ひとに親切にして
いいひとを演じる

美味しいものをいっぱい食べても
こころはむなしい
だれも言わない

ひとをはげます歌を
自分のためにうたっている
だれにも届かない

迷惑をかけたくないと

ひとりの生活をえらぶ
ほんとうは寂しい

われわれは自分にうそをつき
ひとにもうそをつく生活になれてしまった

「 分かったつもり 」

ほんとうに
男の気持ちが分かったら
女ではない

ほんとうに
女の気持ちが分かったら
男ではない

ほんとうに
老人の気持ちが分かったら
若者ではない

ほんとうに
子どもの気持ちが分かったら
大人ではない

ほんとうに

私の気持ちが分かったら
私の存在価値はない

ほんとうはみんなみんな分からない
分からなくたって仕方ない
分からなくたって当たり前
だけど、分かる努力が大切だ
だから、優しい気持ちが大切だ

「愛は」

真実は
そっと野に咲く名もない花に
恥ずかしそうに
隠れている

真理は
海岸の小さな貝殻の中に
ひそかに
眠っている

愛は
はにかんでうつむく少女のこころに
やさしく
棲んでいる

「明日は」

春には春の雨が降り
春には春の花が咲き

夏には夏の陽が照って
夏には夏の雲が湧き

秋には秋の風が吹き
秋には秋の実が稔り

冬には冬の空があり
冬には冬の山がある

今日は今日の陽が上り
今日は今日の空があり
今日は今日の月が出る

明日は明日の風が吹く

#「 忌まわしい記憶 」

言葉は
自由をやるからと言って
僕たちから
言葉にできないものを奪い
僕たちを
言葉の囚人にし
言葉の奴隷にした。
僕たちは
言葉に繋がれ
拘束され
自由を失った。

だが
僕たちは
ついに
主に反逆し
ある日

脱獄を図った。
言葉を武器に
自分を解放しようとした。
苦しい闘いの後
何とか
脱獄に成功したかにみえたが
自信はなかった。

今でも
ときどき
人を言葉で説得する時
自分を言葉で納得させる時
忌まわしい記憶が
僕たちを
後ろめたい気持ちにする。

「人形の家」

町に
発泡スチロールの箱のような家が建つ
ああ、
陽が遠ざかる
風が遠ざかる

町に
レゴブロックのような家が建つ
ああ、
木が遠ざかる
花が遠ざかる

町に
段ボールのような家が建つ
窓のちっちゃな家が建つ
ああ、
子どもが遠ざかる

大人が遠ざかる
人が遠ざかる

「伊予柑」

伊予柑に
こころ踊る
明るき色に
艶に
みずみずしさに
こころ弾む

手に取ると
ずっしり重く
まあるい形
ニキビ跡のような表面に
青春を思い出し
ひとり微笑む

両手で包むと
つるつると
つめたく

そして
あたたかい
その優しさに
こころときめく

スーパーで恋した
美しき伊予柑
向かい合って
しばし見つめる

#「 漁港 」

晴れた昼下がり
港の上を
鳶がひとつ飛ぶ

擦り切れたとも綱
鉄杭に繋がれた
いくつもの廃船

網の修理をする
男たちの影はなく
むしろに魚を広げる
女たちの声もない

曲がった屋根
赤く錆びた冷凍庫
うずたかく積まれた
痛んだトロ箱

岸壁の水は澄み
底が見え
小さな魚影が
すばやく動く

はるか
防波堤の向こうには
青い海が待っている

「時計」

時計が壊れた。
店には合うベルトはもうない。
しばらく机の上に置きっぱなしにしていたら
そのうち電池も切れてしまった。
娘がソーラー電波時計を買ってくれると言う。
僕はくすんだ安物の時計を見つめては
時計を買った頃のことを考えた。

子どもはちいさかった。
楽しい時もあった。
辛い時もあった。
どんな時も
時計はだまって僕の傍で時を刻んでくれていたのだ。
いつも僕を応援してくれていたのだ。

かけがえのない
いろんな時を刻んだ古い時計。

僕はやっと今日
えいっと時計にさよならを言った。
これからは
新しい時計と新しい時代を歩いていこう。

四　朝の宝石

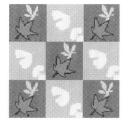

「道」

山の
坂道を歩く
ヒヨドリがいぶかしげに
こちらを見ている
和泉式部が難儀して歩いた道
僕の祖先はどんな恰好で
この道を歩いたのだろうか
なんだか
今いる僕が不思議で
いとおしくなる
ジョウビタキが
藪からあらわれて
ちょんちょんと
尾を振りながら飛ぶ
その時代から
飛んできたみたいに
昔から生えては枯れ

枯れては生える草や木
咲いては散り
散っては咲く名もしらぬ花
道は続いている
道を歩く

「餌台」

真昼に
すずめが三羽
餌台でケンカしている
兄弟だろうか
一羽が逃げて行った
夫婦だろうか
また一羽
飛んで行った
友達だろうか
残った一羽は
こちらを
きょろきょろ見ながら
パンをついばみ
飛び去って行った

「きつねのぼたん」

夕暮れに浮かんでいる
まるく小さな黄色い花

里の小道に沿って
てんてんと続く

まるで
提灯行列のようだ

きつねは夜お嫁に行くのだろう

森の方から
コーンコーンと
声が聞こえてきそうだ

「 真夏の約束 」

あまりの暑さに
生物が沈黙している
夏の真昼
目が眩むような橙色の大きな花に
モンキアゲハが
じっととまっていた

蝶はゆっくりと
羽を閉じたり開いたりして
動かなかった
今年も会えた喜びを語っているのか
来年の再会を約束しているのか
花に黒い羽が
艶めかしくまぶしかった

世界に一つの花と
世界に一羽の蝶が

気の遠くなるような暑さの中で
出会っていた

来年の夏にも会えるだろうか
蝶はこの夏に子孫を残せるだろうか
今年よりきっと暑い
来年の夏に
花は再び咲くだろうか

「おまえの山道」

僕は久しぶりに
ひとり
山道を歩いた
若葉の間から
陽の光が
きらきらと
輝いた

おまえは
元気よく僕の方に走ってきた
長い舌を出して
はあはあと息をはずませ
いつものように
無邪気な顔をして走ってきた
僕は地面にしゃがんだ

だが

曲がり道の
向こうから
駆けてきたおまえは
いくら
待っても
いつまでたっても
僕の所にはやって来なかった

山道を
おまえの思い出が
さっと駆け抜けて行った
竹藪で
鳥が騒いでいた
僕の気持ちなんか知らないで
騒いでいた

「海」

祖母と行ったワカメ採り
春の色の海だった
春のにおいの海だった

友と歩いた遠足は
波が引いてはまた寄せる
遊び足らずに笛が鳴る

みなで泳いだ岩の海
サザエ一つが勲章だ
水中眼鏡の海の色

ああ青春のつらい日に
海に走って八つ当たり
やがて悲しきバカヤロー

娘と遊んだ海岸は

指の間を水流れ
砂が流れる容赦なく

波も荒くてしぶく日は
沖の高島かすかに見えて
昔の悲話を思い出す

夏が来るたび耳で鳴る
若者のうた海のうた
せつなく燃える我がいのち

妻と眺める白い船
ゆっくり沖を横切って
見えなくなって日が暮れる

私が死んだら魂は
ふらふら海に帰るだろう
波に浮かんで漂って
子守歌を聴きながら
ゆらりゆらりと
揺れるだろう

「観葉植物」

若い頃
ある植物が
欲しかった
僕の部屋に
置きたかった
喫茶店にあった
あの観葉植物

久しぶりに出逢った
花屋の店先
それは
若いときの
苦い思い出も
忘れずに
連れてきた

あれほど

欲しかったのに
買える
金も出来たのに
どうしても
買えなかった

「感動する」

くの字型になって
翔んでいく
一番先の鳥に
感動する

寒風をつき
最初に咲く
一輪の梅に
感動する

春まだき
情熱的な鶯の
あぶなかしい囀りに
感動する

大降りの中
田んぼの上を飛び回る

つばくろ夫婦に
感動する

寒空に
すくっとそびえ立つ
黒い銀杏に
感動する

古里に
ひとり古老の
畑を打つ後ろ姿に
感動する

「朝の宝石」

雨上がりの朝
庭で
何かがきらりと光った
低い葉の上で光った
のぞき込んだら
透き通るエメラルドの奥底から
眩しい光を放った
まあるい
やわらかい宝石
立ち上がろうとしたら
行かないでと
また光った

「小さな木」

夏の暑さに
たえきれず
みんな
花を落とした
鉢植えの
小さな木

ひどい霜に
凍えて
葉も
ぜんぶ落とした
小さな木

庭の片隅に
放っておいた
小さな木
忘れてしまっていた

小さな木

今朝
庭を掃いていたら
根っこに
ちっちゃな
芽が出てる
緑の
ちっちゃな
芽が出てる

僕の人生
枯れたかなと
しょげていた時
ちっちゃな木の芽に
笑われた
ちっちゃな木の芽に
救われた

「花」

小さいとき
子どものいない夫婦にかわいがられた
家の前に柘榴の花が咲いていた

桜の石段を上り
保育園に通った
あれから桜はいつも背中を押してくれた

白梅の蕾が固い
冷たい朝
ポチを木の根元に埋めてやった

学校から疲れた足で帰ると
遠くから
金木犀が迎えてくれた

かぼちゃの黄色い大きな花が
夫婦が手ぬぐい被って働くそばで

誇らしげに咲いていた

友達の葬式のとき
白い菊が悲しかった
ピンクの百合が恨めしかった

妻に薔薇を買った日
妻はケーキを焼いてくれた
薔薇は何日も咲いてくれた

仕事をやめた春
蘭が咲いた
白い蝶がたくさん飛んだ

玄関のゼラニウムが
たくさん人を連れてきた
お年寄りにたくさん挿し木をしてあげた

娘が母の日に贈ったカーネーションが
今年も咲いた
たくましい赤い花がいっぱい咲いた

「春だ」

黄砂がうっすらと煙る
日曜の朝
陽に誘われて
庭に出た

土の匂い

しゃがんで
蓬を噛んだら
身体の奥で
何かがうごめいた

立ち上がって
山椒の芽を嗅ぐと
身体のどこかで
音がした

昨日の
つまらない考えは
どこかへ行ってしまった

五　宇宙の果てまで飛んでいく

「夜明けの飛翔」

夜更けて
あたりが
静まりかえったころ
蝶は
暗闇の中で
羽化をはじめる

渾身の力で
心地よい寝袋を
引き裂き
息も絶え絶えに
住み慣れた殻を
脱ぎ捨て
外界に這い出る

そして
微風の中で

変身の苦しみは
ゆっくりと
強く美しい
自分の発見という
喜びへと変わってゆく
若い蝶は
羽を整えながら
身体中に
勇気が満ちるのを
じっと待つ

夜のとばりが
上がりはじめると
蝶は
焦りと
恐怖に戦きながら
その時を待つ
心と身体に力をみなぎらせて
その時を待つ

そして

陽光が
空を射抜いたとき
蝶は飛び立つ
まだ見ぬ新世界へと
旅立つ

#「今しゃべった言葉」

今しゃべった言葉は
昔のだれかが
何千年前のだれかが
使った言葉かもしれない

今書いた言葉は
昔のだれかが
何万年前かのだれかが
始めた言葉かもしれない

日本のどこかで
世界のどこかで
発せられた
その言葉は
水のごとく
食べ物のごとく大切に
人から人へ

時代から時代へ伝えられ
現在まで生きてきた
人の心に生き続け
人と人とを結びつけ
ずっと死なずに
生きてきた

そう
その人の心は
今なお
ぼくの心に生きて
昔と同じように
インスピレーションを与え続ける

「フェニックスの歌」

嘆く人よ、
歓喜する人よ、
思考する人よ、
その声とこころは
宇宙に響き渡り
その振動は永遠に続き
時空を変える

われわれの言葉の響きと
意味の力で
時空はいつしか
燃え上がり
新しき鳥が現れ出でて
その翼の羽ばたきが
時空を拡げ
嵐を起こし
たくさんの
星雲やガスや塵を生む

ああ、
その時空を
ゆったりと翼を広げ
妙なる声で
永遠の巣に向かって
翔んでゆく奇跡の鳥が
見えるだろうか
聞こえるだろうか

嘆く人よ、
歓喜する人よ、
思考する人よ、
われわれの
言葉やこころは死にはしない
それは
大きな波動となって
不死鳥を呼び覚まし
時空に
再び生命を蘇らせ
行き渡らせるのだ

「ぼくは蛾」

ひとり黙々と
夜の街灯に向かって
飛び続ける蛾を見るたび
ジェームズ・サーバーを思い出す
親にも兄弟にも
みんなに笑われながら
いつまでも
暗闇で飛び続けた蛾を思い出す

ぼくは蛾になりたい
暗い空間を
スペースシャトルみたいに
飛び続ける蛾になりたい
周りに誰もいなくなるまで飛び続ける
一途な蛾になりたい
翅がぼろぼろになるまで飛び続ける
愚かな蛾になりたい

翅がちぎれ
ふらふらになって
身体が冷たくなって
もう飛べそうになくなった時
昔伝説で聞いたように
東の空が白み始めた時に
その蛾には
あの明星が見えるだろう
みんなが知っている宵の明星ではなく
誰も見たことがない
美しい明けの明星だ

その時
ぼくの身体は羽根に変わり
永遠の青年のこころを持った
不死鳥になって
太陽に向かって飛んでいる
そう
それからぼくは
勇気を持って太陽に飛び込んで
また永遠の生命を得るのだ

「音楽」

その波動は
僕たちの
何百万年も昔の
いや
何億年も昔の遺伝子を
震わせる

「宇宙の果てまで飛んでいく」

僕が死んだら
ちっちゃな
ちっちゃな分子になって
風に乗り
水に流れて
世界を回るだろう
そして
いつの日か
ロケットに乗って
地球の外に飛び出すだろう
それから
ずっとずっと先の世に
僕のやって来た
遠い宇宙のふるさとに
戻っていくだろう

夜空にきらめく

遠くの星も
あんがいに
僕のふるさとかもしれない
僕のからだも
宇宙のかけら

ぼくは今夜も
星を見上げる

著者　久遠 晴人（くおん・はると）
本名は福原 隆正
島根県益田市生まれ
元島根県高等学校英語教員

～主な詩集作品～
「自然回帰線」
「新自然回帰線」

カバー絵　福原　瞳
イラスト　福原 隆正

詩集 丸い地球はどこも真ん中

2017年3月30日　初　版　第1刷発行

著　者　久遠　晴人
発行所　ブイツーソリューション
〒466-0848　愛知県名古屋市昭和区長戸町4-40
電話 052-799-7391　FAX 052-799-7984
発売元　星　雲　社
〒112-0005　東京都文京区水道1-3-30
電話 03-3868-3275　FAX 03-3868-6588
印刷所　弘報印刷株式会社出版センター

ISBN978-4-434-23159-9 C0092　￥1200E